un petit
chaperon
rouge

à table...

on mange ?

oui ! de la viande rouge et saignante !!!

oh la la ! comment t'as d'grandes oreilles !

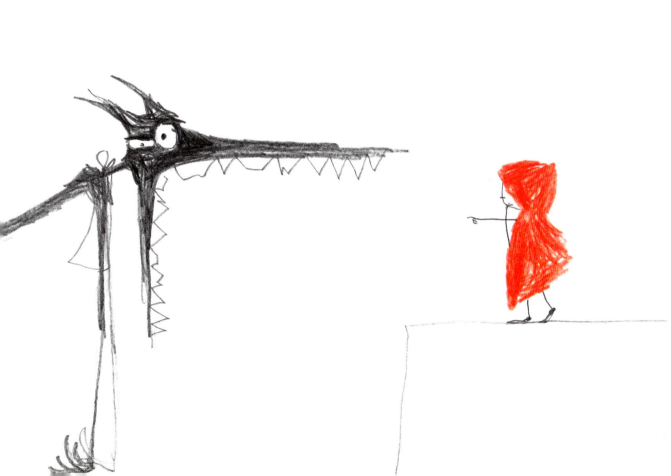

c'est pour t'écouter...

t'es poilu aussi !

t'as d'grands yeux tu sais.

comme tu as de grandes dents!

c'est pour mieux te manger !

mon.

non ?

t'as mauvaise haleine.

prends un bonbon.

avale.

arrrgh!

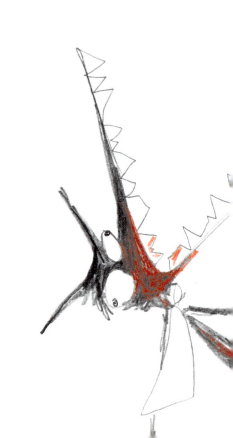

© Actes Sud, 2009, 2014 – ISBN 978-2-330-03050-6
Loi 49-956 du 16 juillet 1949 sur les publications destinées à la jeunesse
Reproduit et achevé d'imprimer en janvier 2014 par l'imprimerie Printer Portuguesa au Portugal pour le compte des éditions ACTES SUD Le Méjan, Place Nina-Berberova, 13200 Arles.
Dépôt légal : mars 2014